Jacques Boulenger

Le professeur de snobisme

Copyright © 2022 Jacques Boulanger (domaine public)

Édition : BoD – Books on Demand, info@bod.fr.

Impression : BoD – Books on Demand, In de Tarpen 42, Norderstedt (Allemagne)

Impression à la demande

ISBN : 9782322419166

Dépôt légal : juillet 2022

Mise en page et maquettage : https://reedsy.com/

Tous droits réservés pour tous pays.

AVANT-PROPOS

Peu avant la guerre, sir Richard Hawcett buvait presque tous les soirs, à partir de minuit, dans un bar que chacun reconnaîtra sans doute quand j'aurai dit qu'il ressemblait au salon de M. Choufleury en raison de ses pendules et de ses candélabres, qui étaient, pour ainsi parler, sous-préfecture à un point extravagant. Juché sur quelque tabouret et maniant avec grâce un verre brillant que le barman savait emplir aux moments opportuns de quelque luisant liquide, mon noble ami parlait...

Non, ce n'est pas d'un cœur léger que j'entrepris, en 1911, de rapporter les propos de sir Richard! Ce gentleman ne regardait pas les «publicistes» d'un œil favorable, et certes je ne me fusse pas exposé à perdre la confiance qu'il me dispensait, mais qu'il ne me prodiguait point, si ma conscience ne m'eût alors commandé de la façon la plus impérieuse de faire connaître au monde son exemple et ses enseignements: c'est pourquoi je les publiai en deux brochures qui furent tirées, je pense, à une cinquantaine d'exemplaires pour le moins. Hélas! je vois bien que la guerre a rendu caducs quelques-uns des préjugés auxquels sir Richard était le plus tendrement attaché et qu'il cultivait avec le plus de soin, et l'on m'assure qu'à cette heure, non seulement les nouveaux riches, mais la plus grande partie de nos hardis jeunes gens considèrent comme de pures niaiseries mille nuances de forme, dans tous les ordres d'idées et de sentiments, que nous prenions pour des raffinements. Pourtant, à se trouver justement si démodés, les préjugés de sir Richard auront peut-être gagné une certaine couleur historique et un aspect d'«avant-guerre» qui les auront rendus propres à toucher les curieux. C'est ce que je me suis dit au moment de les confier à M. Henri Martineau. Ai-je bien fait? Saint George Brummell qui de là-haut me regarde, saint Brummell appréciera.

I
DU SNOBISME

Un soir que l'entretien languissait un peu, l'un de nous prononça tout à coup ces mots saugrenus:

—Mais pensez-vous donc que l'élégance des habits, chez un homme, ait beaucoup d'importance, mon cher?

Hélas! que sir Richard Hawcett parut souffrir à cette question étourdie!

—Vous ne sauriez croire, répondit-il tristement, à quel point les lieux communs me fatiguent. J'ai jadis songé à faire écrire par mon secrétaire une sorte de recueil des «clichés» les plus répandus dans la conversation. Je n'aurais pas manqué d'y placer, notamment, cette sentence-ci, qu'il se trouvera toujours quelqu'un pour prononcer avec gravité sur mes compatriotes: «Les Anglaises sont généralement laides, mais quand elles se mettent à être jolies... Ah!...»—Ah! ce «Ah!», monsieur...—Et j'aurais également fait inscrire dans mon recueil cette autre sottise dont on nous a si souvent rebattu les oreilles: «Le physique d'un homme n'a aucune importance»...

Heureusement, le barman s'était empressé de verser à sir Richard un grog half and half. Lorsqu'il en eut bu une gorgée, notre ami, un peu remis en apparence, reprit:

—Pas d'importance!... Quelle niaiserie! Comme si l'on ne jugeait pas toujours les gens sur la mine!... Et sur quoi les jugerait-on, je vous prie? Sur ce qu'ils font? Mais il faudrait s'en informer, et ce serait bien long;

d'ailleurs, par quel moyen?... Sur ce qu'ils disent? J'avoue qu'on juge souvent les gens sur leur conversation. Rien de plus injuste. C'est un métier, que de faire la conversation, comme de faire un livre: un sport, si vous voulez, où un esprit peu «entraîné» n'est pas bon; on peut bien être un homme éminent et le plus fade des causeurs. D'ailleurs, il y faut encore des qualités corporelles: combien passent pour gens d'esprit, qui n'ont au juste qu'un sourire fin!... Non, monsieur, on ne dira jamais assez quels avantages procure un physique heureux: une bonne réputation d'abord, sans compter plusieurs autres agréments...

Et c'est pourquoi les hommes attachent à leur propre aspect une importance si grande qu'ils se groupent selon leurs caractères extérieurs et non selon leurs caractères intellectuels. Chacun de nous appartient plus au monde dont il a les façons et le costume qu'à celui dont il a les opinions, et il est plus rare encore de rencontrer une amitié entre un très élégant et un très mal vêtu qu'entre un intellectuel et un boursier, par exemple. Joignez que ceux qui s'habillent sans recherche ne sont pas moins fiers de n'accorder point d'attention à leur mise que les snobs le sont du raffinement de la leur: même, il est difficile de savoir si les seconds méprisent davantage les premiers que les premiers les seconds... Enfin, les hommes se préoccupent prodigieusement de leur figure. Je sais: ils ne l'avouent pas. Quand vous demandez à un barbu pourquoi il porte du poil au menton: «Parce que c'est plus commode!», vous répond-il invariablement. Quelle blague! Il se raserait deux fois par jour s'il estimait que la barbe lui sied mal. Et il en est ainsi à tous les degrés de la société. Le plus négligé des charbonniers sacrifierait sa vie plutôt que sa moustache. C'est qu'il ne veut pas se déclasser, il veut être à la mode des gens de son monde; bref, il est snob. Le snobisme est universel. Et sans lui, que deviendrions-nous, je vous le demande!»

Les questions de sir Richard Hawcett sont ordinairement de fausses questions; j'entends des questions auxquelles il préfère de répondre lui-même. Aussi faut-il se garder de répliquer, et c'est d'ailleurs ce que nous faisons volontiers. Notre ami continua en ces termes:

–On méprise le snobisme. On le méprise parce qu'on suppose que, s'ils n'étaient point snobs, les hommes et les femmes auraient des opinions personnelles et des sentiments sincères… Quelle erreur! Il faut une certaine qualité d'esprit pour éprouver, je ne dis point même des passions, mais seulement des goûts; la plupart des hommes et des femmes n'aiment ni ne détestent réellement rien. Sans le snobisme, comment sauraient-ils ce qu'il convient de sentir, penser et dire? C'est grâce à lui seulement qu'ils font les gestes de ceux qui vivent et qu'on peut les regarder comme des êtres humains.

Ainsi le snobisme est utile. Ajoutons, si vous voulez, qu'il est indispensable: si chacun prétendait à se faire des opinions particulières, où irions-nous, mon Dieu! Il est bon que le vulgaire s'en remette à quelques-uns du soin de déterminer ce qu'il faut qu'il aime ou qu'il haïsse. A vrai dire, ces «quelques-uns», on ne les connaît pas et eux-mêmes ne se rendent pas bien compte de leur influence: en sorte que le catéchisme des snobs, la mode, qui naît de leur collaboration inconsciente, est ordinairement absurde; mais il suffit qu'il produise parfois de bons effets. Il est ridicule, direz-vous, que tous les ans, à l'époque du Salon d'automne, les Parisiens se découvrent soudain des âmes délicieusement artistes: snobisme que cet amour soudain de la peinture! Mais c'est lui qui fait vivre les peintres et les expositions. Et nos charmants snobs rendent mille services de ce genre: naguère, au temps des conférences de Jules Lemaître, ceux de la littérature aidaient au triomphe de Racine, comme, lors des premiers succès de Carpentier, ceux du sport favorisaient celui de la boxe; enfin, sans les snobinettes littéraires, où donc dîneraient les gens de lettres, je vous prie?

Notez, au reste, qu'il y a dans l'exercice du snobisme une certaine difficulté, propre à occuper très congrûment une intelligence moyenne. Les fausses modes, si l'on peut dire, sont en nombre incalculable, et il faut beaucoup d'application et même quelque finesse pour discerner parmi elles la Mode, celle qui est à l'usage des gens du meilleur ton; aussi n'est-ce pas du premier coup qu'on devient vraiment un snob d'élite.

En matière de toilette surtout, qui nous intéresse principalement, rien ne remplace l'effort personnel. Certes, ce n'est pas à dire qu'il soit suffisant, et vous ne sauriez être vêtu avec charme que si votre tailleur a du talent, En effet, ne croyez pas même que ce qu'on appelle la «distinction» soit une qualité qu'on a de nature, une qualité innée, indépendante de la coupe des habits; tout au plus peut-on dire qu'elle n'en dépend pas entièrement. Certes, on voit dans les romans populaires et dans les feuilletons les «gentilshommes» garder sous les vêtements les plus communs un «je ne sais quoi» qui révèle sur-le-champ leur naissance. Mais—vous l'avouerai-je?—ce sont les romantiques qui ont inventé ce «je ne sais quoi», et il n'y faut pas plus croire qu'à la «voix du sang» des orphelines de mélodrames. Je pense qu'un véritable gentleman, habillé par un marchand de nouveautés, peut n'avoir pas tout à fait l'air d'un calicot, mais vous ne le prendrez pas pour un dandy. En revanche, un calicot, vêtu par le meilleur coupeur ne sera pas encore un élégant, car aucun tailleur, aucun chapelier, aucun bottier n'est capable de faire d'un ignorant un homme parfaitement «bien»: ils n'en feraient jamais qu'un monsieur vêtu correctement. «Ce qui se fait sans les Athéniens est perdu pour la gloire», comme dit ce M. Renan: pour réussir un élégant, il faut sa collaboration.

Toute la difficulté vient de ce qu'il ne saurait y avoir pour la toilette de modèle qu'on puisse copier rigoureusement. Lord Byron disait que sans une certaine originalité il n'est point d'élégance véritable: originalité, bien entendu, et non excentricité. Ainsi, ne copiez pas servilement la Mode: interprétez-la, toutefois, en la respectant encore.

Et, d'abord, sachez vous vêtir selon votre hauteur, selon votre corpulence et selon l'air de votre personne. Un grand tailleur prononçait un jour ces paroles riches de sens, que je vous prie de méditer: «Habillons, disait-il, les maigres avec des vêtements larges pour les étoffer, mais habillons les gras avec de larges vêtements pour les amincir.» Tout l'art somptuaire est là. Ne tombons point dans le défaut des Italiens: ils imitent si exactement les Anglais qu'ils semblent toujours un peu déguisés. Encore un coup, il n'est pas de parfait élégant sans esprit créateur: ne sentez-vous pas que c'est un défaut que d'être trop «gravure de modes»? Bref, il faut qu'un dandy invente sans cesse—et avec quel tact!... On a beaucoup abusé de ce mot de Brummell qu'«un homme bien mis ne doit pas «être remarqué». J'entends .qu'il est malséant d'arrêter par sa toilette les badauds dans la rue, et qu'où manque ce que Byron encore appelait «une convenance exquise en matière d'habillement», là fait défaut le bon ton; mais un gentleman trop cruellement dépourvu d'imagination ne s'élèvera jamais à l'élégance: il s'arrêtera à la correction. Soyons donc singuliers, mais avec tact, et montrons-nous inventifs et créateurs, mais avec mesure, car toute la difficulté est d'innover dans la bonne direction. Qu'est-ce, en effet, qu'un excentrique, sinon un original qui a mal tourné? Sans doute, il est charmant de porter ce que les autres porteront la semaine prochaine, mais il est fâcheux de porter ce que personne ne portera jamais ou ce que tout le monde portera dans deux ans (c'est tout un), et déplorable, enfin, de porter ce qu'on portait l'année dernière. La Mode, déesse agile qu'un provincial poursuit sans l'atteindre, un snob d'élite sait la suivre pas à pas; mais il faut qu'un dandy l'escorte, voire la précède en tournant un peu la tête pour ne la point perdre de vue, ce qui l'expose fort, si j'ose parler par figure, à casser la sienne en se flanquant par terre: et voilà le péril du dandysme… Mais, depuis un moment, nous avons quitté le snobisme, qui n'est qu'une science, pour atteindre au dandysme, qui est un art, et je crains fort que ce ne soit un peu haut pour vous.

Nous protestâmes, et sir Richard reprit:

–Le dandy est un artiste en *chic*. C'est là un bon petit mot français. Que signifie-t-il au juste? Vous ne savez pas. Moi non plus; mais, un jour, j'ai honnêtement tenté de me renseigner. J'ai cherché dans un ouvrage assez connu des rats de bibliothèque, paraît-il, le *Dictionnaire* de Littré et j'y ai trouvé que *chic*, c'est «un terme d'atelier»: «on dit d'un peintre qu'il a ou qu'il entend le chic quand il produit rapidement et avec facilité des tableaux à «effet»; à quoi ce dictionnaire ajoute: «En un autre sens, il a du chic se dit d'un élégant ou d'une chose élégante et bien tournée.» Evidemment… évidemment!

Et j'ai cherché aussi dans le *Dictionnaire de l'Académie*. Et je n'y ai rien trouvé.

Et enfin je me suis rappelé que j'avais lu jadis dans les *Confidences d'une aïeule*… C'est un livre de ce Français, le plus classique des hommes, qui a parlé de l'Angleterre comme Stendhal de l'Italie: il l'aurait inventée, plutôt que de s'en passer… vous savez bien?… Sir Abel Hermant. Il conte comment l'aimable Emilie, ci-devant marquise, rencontre au «bal des Victimes», un certain soir de l'année 1796, un jeune homme, pour qui elle sent tout aussitôt un goût irrésistible, ce qui ne laisse pas de la tourmenter, non qu'elle se propose de résister, mais parce qu'elle a l'esprit clair et qu'elle n'arrive pas à comprendre pourquoi elle cédera. Car ce muscadin, à le considérer de sang-froid, est d'un ridicule inexorable: il parle en grasseyant comme un petit nègre, lorgne à travers son binocle comme s'il n'y voyait goutte, s'engonce dans une grosse perruque de chanvre à la Cassandre, porte un collet d'habit disposé avec art pour le rendre bossu, et se fait gloire d'une culotte taillée soigneusement de manière à lui rendre les jambes cagneuses, bref il est incroyablement «incroyable»... Fait de la sorte, qu'a donc ce galant saugrenu pour plaire à une marquise spirituelle? C'est ce que l'aimable Emilie se demande avec étonnement, et finit par trouver, mais cela est bien malaisé à exprimer...

Non, ce n'est pas ce que vous croyez: notre muscadin a la figure la plus commune. Son charme tient plutôt à son ridicule même, au souci qu'il fait paraître de suivre exactement les modes les plus absurdes et aussi à une certaine façon brave, voire provoquante qu'il a de les porter. Sans doute, se dit la marquise, «cela ne saurait remplacer ces grandes allures que nous autres, nous héritons de nos pères, ni notre aisance, ni notre impertinence naturelle. Et quand même, ce... comment dire! ce... je ne sais quoi... Je souhaiterais un mot nouveau pour cette façon d'être nouvelle; nos fils l'inventeront sans doute, car il n'y aura bientôt plus de gens vraiment nés, et ceux qui voudront se distinguer encore de la crapule ne le pourront plus que par ce... Ah! je souhaiterais, dis-je, un mot qui fût âpre, qui fût enlevé, qui fût bref, une syllabe; un mot bien, mais un peu canaille; un mot gouailleur, un mot qui claque aux oreilles comme une onomatopée... un mot qui n'eût aucun sens définissable, et qui exprime pourtant tout l'inexprimable de ce que je veux dire...»

Eh bien! c'est le *chic*. Et de cela il résulte avec clarté que le chic est un *je ne sais quoi* dont on ne sait rien, sinon qu'il est moderne. Mais les définitions n'ont jamais qu'une importance secondaire.

Ayant dit, sir Richard but posément la dernière gorgée de son grog; puis il mit son manteau, passa ses gants, plaça sous son bras gauche sa canne à pomme de lapis-lazuli, et, après avoir assuré son chapeau à un centimètre de son oreille droite, il nous fit un petit signe de la main et sortit avec grâce.

II
DES VISITES

Or, par crainte, sans doute, de ces fâcheux sans vergogne qui viennent présenter des factures jusque dans nos domiciles privés, sir Richard n'aime pas à donner son adresse: mon noble ami ne reçoit, pour ainsi dire, qu'au bar, et ce n'est pas de lui que j'ai appris qu'il habite, non loin du parc Monceau, dans une maison dont on ne saurait juger à première vue si le style est berlinois, magyar, congolais ou simplement déshonnête, mais dont les valets insolents et le portier en livrée indiquent d'abord au promeneur le moins averti que les loyers s'élèvent à un prix véritablement élégant.

J'avais souvent passé devant cet immeuble somptueux, mais sans savoir qu'il a l'honneur d'abriter sir Richard, et c'est pourquoi je n'y avais point porté grande attention. Il est pourtant remarquable, tant par ses balcons pansus et ses sculptures abondantes et pâteuses, que par1habileté avec laquelle l'architecte y a su éviter la ligne droite. Tout ondule, dans cette étonnante maison, tout se recourbe, se tord ou se relève en bosse, et il n'y est jusqu'aux montants de la porte cochère qu'une guirlande en stuc ne rendent serpentins: on dirait d'un palais d'exposition vu à travers un aquarium. Cela est beau. J'étais heureux que mon noble ami eût choisi, pour y couler ses jours, une demeure si luxueuse, et il me semblait aussi qu il n'en devait pas être le moindre ornement, de sorte que ce ne fut pas sans fierté que je m'enquis de lui au concierge.

—Sir Richard Hawcett? demandai-je.

Toutefois, en entendant ces mots, le portier fit un sourire sardonique et remit sur sa tête la casquette qu'il en avait poliment tirée; puis il ne m'indiqua pas l'ascenseur, mais l'escalier de service, en m'invitant à monter au sixième étage. Et quelle ne fut pas ma surprise, lorsque, après avoir gravi plus de marches que je n'en saurais compter, je me trouvai dans un corridor pavé de briques, sur lequel s'ouvraient des chambres qui me parurent à la vérité celles des domestiques de la maison, et lorsque je vis sortir de l'une de ces mansardes sir Richard Hawcett en personne! Qu'était-ce à dire? Je n'eus guère le temps de me le demander, car cet incomparable gentleman, prenant la parole tout aussitôt, m'annonça sur un ton fort badin que, la Faculté lui ayant recommandé l'exercice, il avait cru devoir se loger un peu haut.

—Grâce aux six étages que, pour regagner mon *flat*, j'ai soin de gravir tous les jours quatre à quatre, je conserve à Sa Gracieuse Majesté un sujet entraîné; essoufflé comme je vous vois, vous ne sauriez prétendre que vous en faites autant pour M. Fallières.

Cette plaisanterie me parut médiocre, d'autant que je soufflais en effet et que j'eusse aimé que sir Richard me permît de m'asseoir un instant dans ce «flat» dont il parlait... Mais déjà mon noble ami descendait l'escalier. Et, tout compte fait, je préférai remettre à un autre jour la question que j'étais venu tout exprès pour lui poser: «Que pensez-vous des visites?»

Il me le dit le soir même, mais au bar, et tout en faisant alterner dans son estomac (qu'il a bon) les manhattan cocktails et les prairy oysters.

—Ce serait errer étrangement, prononça-t-il, que de croire qu'un snob a le loisir de penser à ses plaisirs: l'existence n'est pas pour lui tissue d'agréments. Il peut vous paraître qu'il emploie ses jours à se donner des distractions; mais ces distractions, il ne les choisit pas: elles lui sont imposées, si bien que la plupart restent pour lui très conventionnelles, hélas!... En somme, le snobisme procure la félicité, mais non pas des voluptés frivoles. Le snob ne connaît que la grave joie qui résulte de l'accomplissement du devoir quotidien: il se rend aux plaisirs mondains (on l'a dit) comme un rond-de-cuir à son ministère, et le bonheur dont il jouit est le bonheur austère des bureaucrates.

Cet exorde me sembla beau, mais sans rapport à la question, et je me préparais à l'avouer à sir Richard, lorsqu'il reprit le fil de son discours:

—Voilà pourquoi, dit-il, un gentleman doit faire des visites. Ce n'est pas que les visites soient agréables: il paraît même assez, si l'on en juge par les lamentations de ceux qui les reçoivent comme de ceux qui les font, qu'elles ne le sont pas. Mais elles se trouvent cataloguées au nombre des plaisirs mondains, et cela suffit à les rendre, pour ainsi dire, d'obligation.

Encore un coup, il ne convient pas de choisir dans le snobisme. Avez-vous assisté parfois à ces fêtes que donnent les sociétés de gymnastique? On y voit des centaines de jeunes gens accomplir au commandement des mouvements bizarres avec un admirable ensemble. Et il est bien probable que chaque gymnaste ne ressent pas une volupté singulière à jeter avec force ses deux bras en avant en fléchissant sur les jarrets, ou à frapper farouchement le vide de son poing fermé. Mais il éprouve sans doute beaucoup de plaisir à songer qu'il fait tout cela précisément dans le même instant que ses camarades, et de manière à donner aux assistants un spectacle agréable: cela lui est assez doux pour qu'il se livre à un travail en soi fastidieux, et, parce qu'il n'ignore pas qu'il nuirait au spectacle en esquivant un seul des gestes convenus, il les exécute tous avec application...

Eh bien, l'homme du monde est semblable à ce gymnaste: lui aussi, il fait l'exercice. Son bonheur est celui que donne l'accomplissement correct et minutieux d'une parade inutile, parfois désagréable, qu'il exécute pour la galerie; et ce bonheur est grand puisqu'il y a beaucoup d'hommes du monde. Si vous voulez l'éprouver pleinement, ne manquez donc à aucun des rites de l'exercice mondain, et faites des visites.

—Je veux bien, dis-je; mais, dans les salons, ne serai-je pas forcé d'éblouir par mon esprit tout un cercle de jolies femmes et de briller comme un personnage de Maurice Donnay? Et ne craindriez-vous pas que...

—Il ne vous faudra rien faire de cela, répondit sir Richard. Vous verrez dans un petit *Manuel du causeur mondain* , dont je suis l'auteur, et dont je vous donnerai quelque jour un exemplaire, ce qu'il convient de dire en visite quand on est homme du monde... Mais il va de soi que j'entends ici par «visites» celles que l'on rend aux dames à leur «jour» ou lorsqu'elles vous ont invité à un «thé», et non pas celles, plus familières, que l'on peut faire à ses amis, quand toutefois on y est convié...

Ici, il me sembla que sir Richard me regardait d'une manière significative et je songeai, je ne sais pourquoi, à la démarche que j'avais faite chez lui, le matin même:

—Quand on y est convié, reprit-il, car être avec quelqu'un, comme on dit, sur un pied d'intimité ne saurait autoriser à mettre l'autre dans le plat...

Ah! le ton dont il me dit cela!

III
DE LA VRAIE SUPÉRIORITÉ DES ANGLO-SAXONS

–A quoi tient la supériorité des Anglo-Saxons?

–Principalement à la forme de leur tête, me répondit sir Richard Hawcett. Vous avez ici ordinairement le visage rond: comment voulez-vous qu'un chapelier coiffe convenablement une figure à joues? Et puis vous êtes presque tous un peu trop gras... J'ajouterai que la masse de la bourgeoisie française a le nez mou. Enfin, la supériorité des Anglo-Saxons tient à la laideur des Anglo-Saxonnes. Ne dites pas: «Quand une Anglaise se met à être belle, elle lest plus que toutes les autres femmes...» Non, ne le dites pas! Je le sais. Mais elle s'y met si rarement qu'autant vaut n'en pas parler. Ici, c'est tout le contraire: les Parisiennes sont toutes jolies, et, lorsqu'elles se mettent à être laides, elles sont encore charmantes. Voilà pourquoi vous ne songez généralement qu'à leur plaire, et voilà pourquoi vous vous habillez mal.

Car les femmes ne comprennent pas ce que doit être la toilette d'un gentleman. Elles partent d'un principe tout à fait faux, qui est que le premier mérite d'un costume masculin est d'«embellir» celui qui le porte, entendez de le rapprocher du type «joli blond» ou «beau brun». Elles ont une inclination déplorable (qu'elles corrigent plus ou moins bien selon qu'elles sont plus ou moins initiées aux règles de la véritable élégance masculine, mais qui leur est naturelle) pour les cravates en soie de couleur tendre, les souliers vernis, les collets de velours, les vêtements sombres qui «vont» toujours mieux à leurs amis, et une certaine tournure romantique qui est tout à fait fâcheuse. Car, lorsqu'on est laid physiquement, la seule manière de tirer parti de sa personne, ce n'est pas de chercher à la banaliser, mais à en accentuer le caractère: et de même le costume masculin étant affreux, un homme qui s'habille avec raffinement, ce n'est pas celui qui s'efforce (inutilement, d'ailleurs) d'atténuer la mauvaise grâce de nos vêtements en remplaçant, par exemple, le pantalon tiré au cordeau par un large pantalon «à la houzarde», ou la stricte cravate «régate» par quelque romanesque «La Vallière», ou bien le chapeau à haute forme par le feutre mou, poétique et fendu, mais c'est au contraire celui qui respecte la mode absurde... Ah! non pas aveuglément, certes, à la façon des plus bas snobs, mais comme il convient de respecter les déesses mêmes: en prenant avec elles des libertés dont elles savent toujours gré, comme les dames. Songez qu'il faut, pour reconnaître la vraie mode parmi les fausses, des qualités remarquables, bien que spéciales, de l'observation, du discernement, un tact des plus fins... Mais les femmes ne voient pas cela. Elles ne comprennent pas qu'on manque de raffinement quand on préfère, comme elles font pour leurs amis, ce qui est «seyant» à ce qui est «chic». Elles ne sentent pas plus le charme d'une mode masculine un peu ridicule que la plupart des hommes ne conçoivent l'agrément d'une jupe avec laquelle on ne peut marcher. Un gentleman qui s'habille au goût des femmes ne saurait être mieux mis qu'une femme qui s'habillerait strictement au goût de son mari et non point, comme il se doit, pour étonner ses pareilles.

En Angleterre, nos garçons ne pensent pas aux dames: aussi sont-ils induits à se vêtir mieux que vos jeunes gens. Ordinairement, nos garçons ne pensent à rien, mais quand ils pensent à quelque chose, du moins est-ce au sport. Ils font du sport avec passion, et cela les rend généralement minces et musclés, donc faciles à habiller, et voilà pourquoi nos coupeurs passent pour les premiers du monde. La mode pour les hommes naît à Londres: ce sont nos tailleurs et nos gentlemen qui donnent le ton à tous les snobs de l'univers. Et c'est en cela seulement que consiste la supériorité des Anglo-Saxons.

—Oh! fis-je.

—Ce «oh!», dit sir Richard, me plaît: il me montre que vous êtes anglomane. Je vous en félicite. J'ai toujours observé qu'à Paris on ne peut se flatter d'appartenir à la classe éclairée, ou plutôt à la classe qui éclaire, si l'on n'est pas anglomane avec passion. Je connais même beau coup de Français qui ne s'adressent la parole qu'en anglais aux courses, au golf, à la chasse ou au bridge; il est vrai qu'ils appartiennent au meilleur monde.

L'anglomanie n'étant pas une opinion, mais un sentiment, on ne la justifie point par des raisons: on l'éprouve, voilà tout… Pourtant, je crois qu'on peut dire que le prestige mondain de mes compatriotes repose uniquement sur leurs qualités physiques et somptuaires. En effet, il ne saurait tenir à l'agrément de leur conversation: les Anglais n'ont pas d'esprit.

—Moi non plus, crus-je devoir objecter.

—C'est vrai reprit sir Richard, et j'en augure bien de votre avenir: un jour viendra peut-être où vous saurez vous tenir dans vos habits comme un gentleman.

Mais la plupart des Parisiens ne vous ressemblent pas. Il est même assez frappant qu'ici, lorsque plusieurs personnes se trouvent réunies, le premier devoir qu'impose la politesse à chacune d'elles soit de tâcher, dans la mesure de ses forces, à plaisanter. Chez nous, on cherche plutôt à intéresser son interlocuteur par des aperçus sur la généalogie des pairs du royaume, ou plus souvent encore par des considérations sur le temps qu'il fait. Mes compatriotes ont une extrême passion pour les propos météorologiques. Mais ils s'y livrent toujours avec sérieux. On ne saurait dire qu'ils sont généralement portés à l'esprit.

De même, je ne crois pas que ce soit à cause de notre littérature que vous nous admirez si fort, vous qui avez la vôtre... Votre théâtre est le plus florissant qui soit: on joue vos pièces sur toutes les scènes du monde. En peinture, il n'existe plus, depuis plus d'un siècle, qu'une seule école: l'école française; romantisme, impressionnisme, cubisme, que sais-je? ce sont vos compatriotes qui, dans cet art, ont tout inventé et les autres les ont suivis. Les grands musiciens mêmes, depuis une vingtaine d'années, sont à peu près tous de votre nation, et la Musique, qui jadis était allemande, elle habite à présent chez vous. Votre langue est si parfaite qu'elle a des chances, disent les savants, de devenir quelque jour la langue auxiliaire universelle, à moins que vos espérantistes et vos politiciens n'y mettent bon ordre, les premiers en en prônant une autre, les seconds en donnant pour du français le charabia dont ils usent et qu'ils proposent comme langue diplomatique... Concédez-moi encore que vous êtes le premier peuple du monde pour l'aviation, la cuisine et les chapeaux de femmes, et il vous faudra avouer que nous ne vous surpassons en rien dans tout ce qui donne de l'agrément à la vie. Car Londres est sans doute une ville bien délicieuse, surtout le dimanche, et quand il fait un peu de brouillard; mais c'est à Paris qu'on habite pour son plaisir... Il est vrai que nous vous sommes supérieurs en matière de sport. Mais rien au monde n'intéresse moins les snobs français que le sport dont ils s'entretiennent sans cesse. («Parlons-en toujours, mais n'en faisons jamais.») Ils vont aux courses pour se rencontrer, au golf pour prendre le thé et à la boxe pour parier... Vraiment, je ne vois d'autre raison au prestige des Anglais et à l'anglomanie des gens du monde à Paris que la supériorité du snobisme à Londres...»

Je me préparais à répliquer d une façon péremptoire. Malheureusement, je ne savais que dire. Et puis, réellement, sir Richard Hawcet paraissait bien fatigué... Ai-je écrit que nous étions au bar? Une dernière fois, mon noble ami emplit son grand verre de gin, de brandy et d'eau chaude. Puis, l'ayant vidé, il me dit adieu. Même, il se mit debout tout seul, et, après avoir refusé le bras que je lui offrais, il gagna la porte sans zigzaguer...

Ce fut la dernière preuve qu'il me donna, ce soir-là, de la supériorité des Anglo-Saxons.

IV
DU DUEL

Le sieur Lampourde s'étant permis, en ma présence, diverses restrictions sur l'honorabilité de mon éminent ami sir Richard Hawcett, je l'ai fort mal pris, en sorte que je dois me battre demain avec cet insolent que sa prodigieuse adresse à piquer la main de ses adversaires a rendu fameux dans les combats. Sir Richard n'ignore pas que Lampourde, le duelliste, l'accuse d'être trop heureux au jeu; mais il dédaigne apparemment de tels propos, puisque, jusqu'à présent, il n'a pas encore jugé bon de les relever lui-même. Toutefois, il ne lui a pas semblé mauvais que je men formalisasse pour lui. Et c'est avec beaucoup de cordialité qu'il m'a donné les derniers conseils.

—Mais d'abord, m'a-t-il dit, savez-vous insulter?

Le soir, entre son quatrième et son cinquième grog *half and half,* j'ai souvent observé que mon noble ami aime à traiter les moindres sujets avec ampleur, et qu'il ne goûte guère les interruptions mêmes qu'il a sollicitées. C'est pourquoi je renonçai à lui faire observer qu'il importait assez peu que je susse insulter ou non, puisqu'à cette heure j'avais à venger mon honneur—ai-je dit, en effet, que ce Lampourde s'était permis à mon endroit divers propos d'une familiarité regrettable?—et sir Richard continua de la sorte:

—Par la poste, il est relativement aisé d'offenser correctement; c'est pourquoi je ne vous recommande pas l'insulte orale: il faut, pour qu'elle réussisse—j'entends pour qu'elle soit faite ou reçue d'une façon vraiment digne d'un gentleman—tout un concours de circonstances dont on ne saurait assurer à l'avance qu'il se produira.

Et, avant tout, il faut, pour provoquer de vive voix, un lieu favorable. Vous risqueriez-vous à insulter en visite, à dîner, devant des femmes, enfin? Non, assurément... Alors, dans un endroit public? Mais, dans la rue, il passe parfois une foule de gens qui n'entendent rien aux affaires d'honneur et qui ont coutume de s'attrouper, à la moindre altercation, en faisant: «Kiss! Kiss!» De même, au théâtre, vous troublez la représentation, ce qui est purement grossier, ou vous ameutez les promeneurs du foyer. Au restaurant vous vous trouvez exposé à être expulsé si l'on vous juge un moins bon client que votre adversaire; il est vrai que, vous fussiez-vous porté sur lui aux pires violences, on expulsera votre adversaire s'il est moins estimé que vous des maîtres d'hôtel, auquel cas vous auriez un agréable moment à passer... Mais, en somme, je ne vois guère, pour insulter oralement, de terrain véritablement confortable.

Et puis, comment offenserez-vous congrument?

Ah! surtout, gardez-vous de flanquer une gifle à votre adversaire! Car, peut-être, il vous la rendrait. Spectacle lamentable que celui de deux Parisiens qui se donnent des taloches: ils se les donnent si mal, en effet! Tout gentleman soucieux, comme il sied, d'éviter le scandale en toutes les circonstances de sa vie, devrait se rendre capable de mettre *knock out* proprement un homme de n'importe quel poids peu expert à boxer. Mais la connaissance de la boxe est si peu répandue en France que les pugilats y sont presque toujours d'un incroyable ridicule. Après tant de coups échangés, on ne peut jamais proclamer ni vainqueur ni vaincu; et, le lendemain, chacun des deux combattants accuse l'autre de lui avoir «tendu un guet-apens», tout en se vantant de lui avoir «donné la correction qu'il méritait»... Au moins, si vous avez si peu d'imagination que vous vous trouviez absolument réduit à provoquer par des «voies de fait», apprenez auparavant à distinguer un *cross* d'un *direct*.

Quand, renonçant au romantique «soufflet», vous offensez par un gros mot, par une menace, qu'arrive-t-il? Ou bien qu'on vous réponde par un coup de poing, et nous rentrons dans le cas précédent, ou bien qu'on vous réplique par une grossièreté, et vous risquez, votre interlocuteur et vous, de ressembler à des collégiens qui se chamaillent: «Viens-y donc!–Viens-y, toi, grand lâche!» En somme, personne n'y va. Il faut l'avouer: cela prête à rire.

Donc, point de voies de fait, point de gros mots; j'ajoute: point de formule trop rebattue. Ne dites pas, solennel: «Monsieur, vous n'êtes qu'un paltoquet!»–ou, littéraire: «Monsieur, vous êtes un pleutre!»–ou, banal: «Monsieur, vous êtes un mufle!» Non. Sans doute, tout cela suffit à provoquer, mais sans art: cela ne blesse pas; cela n'est même désagréable, au fond, que parce que cela donne à supposer que vous désirez l''être. Soyez plus modéré, vous offenserez mieux; ainsi, ne criez pas: «Grossier personnage!» dites seulement: «Monsieur, Madame votre mère vous a bien mal élevé.» Ce qu'il faut, c'est une phrase qui n'inspire point d'autre réponse que l'envoi de deux témoins, et (dirais-je si l'usage d'échanger des cartes n'était bien démodé) qui fasse jaillir la carte du portefeuille. Voici, pour ma part, une formule que j'ai toujours estimée très efficace: «Quelle est donc votre profession, Monsieur?» Mais, d'une manière générale, on peut dire que toutes les remarques sur l'aspect physique de l'adversaire réussissent bien. (Les restrictions que l'on peut faire sur son intelligence ou sur ses mœurs ont beaucoup moins d'effet.)

Voilà pour la provocation orale. Passons à l'offense par écrit.

Elle est aisée. Je me souviens qu'ayant un jour reçu un épître où l'on s'était efforcé (avec succès) de lui dire poliment des choses désagréables, un de mes amis répondit par un billet à peu près conçu dans ces termes:

Monsieur,

A la fin de votre dernière lettre, vous me priez de croire à vos sentiments distingués... Vous avez donc des sentiments distingués?

Et voilà, à mon sens, un véritable modèle de lettre pour offenser... Je le sais bien: tout le monde na pas l'esprit de l'auteur dramatique qui publia dans les journaux un billet fort semblable à celui que je viens de dire, et le premier gentleman venu ne saurait offenser avec autant de grâce et de goût. Mais souhaiter qu'il tâche, au moins, de mettre dans sa provocation toute l'ingéniosité dont il est capable, est-ce trop?

J ai souvent remarqué que les gens les plus spirituels perdent tout souci d'esprit quand ils ont à insulter: eux qui ont accoutumé d'envisager le duel en général, et singulièrement les duels de leurs amis, avec une ironie ravissante, on les voit se comporter dans leurs propres «affaires» avec une gravité imprévue, soudaine, et, si je puis dire, intempestive. Dans le courant de la vie, ils n écriraient pas le moindre billet sans y glisser mille traits, et ils croient pouvoir composer leurs lettres de provocation sans le plus petit mot pour rire, voire ils les emplissent des outrages les plus compassés, des invectives les plus usées et de violences remarquablement guindées... Eh bien! cela m'a toujours paru de l'outrecuidance: il ne convient pas d'injurier son prochain avec trop de sérieux.

J'ai lu dans les gazettes qu'un journaliste reçut un jour une épître où on le priait fort gravement de se considérer comme giflé. «Je veux bien me considérer comme giflé, répondit-il; mais considérez-vous, à votre tour, comme mort d'un grand coup d'épée que je vous ai donné en pleine poitrine à la suite de votre gifle.» C'était bien répondre à une provocation qui manquait par trop d'esprit. Soyez péremptoire certes, mais efforcez-vous d'être un peu ingénieux, ne serait-ce que par attention envers vos témoins: vous ne sauriez vous figurer combien une «affaire» engagée avec trop de solennité peut être ennuyeuse à discuter. Sans compter que la solennité, cela ne se porte guère dans votre pays...

Je ne sais si la solennité se porte en Angleterre. Mais vraiment, en prononçant ces mots, sir Richard n'en paraissait pas empreint.

—D'ailleurs, continua-t-il, il est si peu de gens qui aient le courage de leur opinion, qu'il ne s'en trouve presque point d'assez audacieux pour se montrer réellement poltrons devant quatre témoins, deux médecins, plus un certain nombre de journalistes; il me paraît donc superflu de vous recommander de ne pas rompre à toute allure dès que le directeur du combat aura commandé: «Allez, messieurs!»

Mais, d'autre part, la volonté, qui suffit à empêcher qu'on s'abandonne à un mouvement des jambes pénible pour l'amour-propre, suffit rarement à inspirer qu'on en fasse un qui serait dangereux pour la peau: voilà pourquoi la plupart des duellistes évitent de marcher vers leur adversaire et se contentent de faire contre lui, à une certaine distance, des gestes, en quelque sorte conjuratoires, de leur bras armé. Or, je ne vous cacherai point que cela est tout à fait ridicule, mon cher; un homme bien élevé doit attaquer à fond.

Notez, du reste, que votre duel n'en sera pas moins bénin pour autant... Inutile de sourire: «Autrefois, allez-vous dire, il n'en allait pas de la sorte: on voyait toujours l'un des deux combattants rester sur le carreau...» Eh bien! je ne crois pas que le courage des duellistes ait diminué. Seulement, autrefois, on ne se battait pas au premier sang, et l'on profitait sans remords de l'avantage qu'il était aisé de prendre sur un ennemi blessé: il ne devait pas arriver plus souvent qu'à présent qu'un des deux combattants se trouvât navré très grièvement de la première touche, mais, une fois piqué à la main, par exemple, quand il ne pouvait plus serrer son épée, on avait beau jeu contre lui… Aujourd'hui, on accoutume d'arrêter la bataille dès qu'un des adversaires se trouve en état d'infériorité, et cet usage est tout à fait propre à rendre les duels moins pathétiques. Car il est fort malaisé d'occire un gros mammifère d'un seul coup de pointe. Combien de matadors, à la fin d'une corrida, réussissent à immoler leur taureau d'une seule estocade? Et il est pourtant plus aisé d'estoquer un taureau qu'un homme du monde: le matador, en effet, lit dans les yeux de son adversaire, il voit que la bête va charger, il prévoit son coup de tête monotone, bref, il sait comment elle va se défendre; et vous, duelliste, vous l'ignorez. Sans doute, l'animal encorné (c'est le taureau que je veux dire) ne se battant pas au premier sang, la partie semble avec lui plus dangereuse; toutefois, on imagine qu'un gentleman qui s'alignerait aussi souvent contre ses semblables qu'un torero contre les taureaux s'en tirerait à moins bon compte, et à tous les points de vue, car, notamment, il ne ferait pas fortune: le duel est cher, hélas!

Je dis «hélas»! parce que le duel est agréable et bienfaisant. Mais observez d'abord qu'il est à l'usage d'un petit nombre de personnes seulement. Et ainsi le principal argument de ceux qui voudraient qu'on l'interdît porte à faux: «N'est-il pas odieux, disaient-ils, qu'un bourgeois paisible puisse être forcé de hasarder sa vie contre le premier bretteur venu, lui de qui dépend l'existence d'une famille, d'une femme, de deux femmes peut-être, que sais-je?» Cela serait odieux, en effet, si cela arrivait, mais cela n'arrive jamais. Les bourgeois paisibles n'ont pas d'histoires, et le temps n'est plus où les spadassins brimaient les notables commerçants. Encore un coup, le duel est à l'usage d'une classe peu nombreuse, qui comprend les hommes du monde, les hommes politiques et les hommes de lettres ou de théâtre; en fait, seuls, ces sportsmen et ces personnes en vue, ces hommes publics, si j'ose les appeler ainsi, envoient parfois ou sont exposés à recevoir des témoins, et je dis qu'à ceux-là le duel est utile, voire indispensable.

Comment dénouer sans lui tant de situations délicates ou douloureuses? Il est des blessures du cœur ou de la bourse qui exigent le secret, et des blessures d'amour-propre, plus cuisantes encore, que ne guérit qu'à peine la plus intense publicité: eh bien, le duel est là, panacée universelle. Porterions-nous devant les tribunaux ces querelles intimes et inextricables? Mais aucun juge ne saurait se prononcer dans des affaires dont la cause est à ce point trouble et indicible. Alors, nous nous confions à deux de nos amis; notre ennemi en fait autant; les quatre témoins réunis s'efforcent de résoudre le litige au mieux des intérêts de leurs clients, et s'ils n'y peuvent réussir, ceux-ci vont terminer la querelle sur le terrain et satisfaire à l'honneur en se tirant un peu de sang. Précieuse, admirable fiction!... Renoncez, je vous prie, à me faire observer que les Anglais s'en passent fort bien. Non, nous n'avons pas de duels en Angleterre. Dans mon pays, quand un gentleman a été malhonnête envers un autre gentleman, le second gentleman se dit que le premier n'est pas un gentleman; après quoi, il lui réclame devant les juges une somme d'argent. Mais c'est là une manière platement positive de résoudre la question: mes compatriotes manquent souvent d'imagination et de culture; le duel est un usage trop raffiné pour l'état de leur civilisation.

Voilà pourquoi il est extrêmement pesant de railler cette coutume idéaliste. Mais il ne convient pas non plus de la prendre au sérieux. Aussi renoncerez-vous, demain, à revêtir la redingote solennelle et le chapeau haut de forme de nos pères; et vos témoins y renonceront également. Il est bon d'indiquer, par une mise plus familière, que vous n'attribuez pas à la rencontre une importance qu'elle ne saurait avoir en aucun cas: en conséquence, vous choisirez quelque costume de sport, veston ou norfolck; je n'ose vous conseiller la casquette et la culotte courte, mais songez qu'il vous faut à tout le moins un pantalon qui ne jure pas avec la chemise molle ou le maillot que le procès-verbal vous impose, ni avec les souliers de golf, sinon de tennis, dont vous serez chaussé. Quant à vos manières, je vous indiquerai d'un mot qu'elles doivent être celles d'un gentleman un peu chagrin du dérangement qu'il impose aux deux amis qui l'assistent: toutefois, prenez garde de confondre les nuances et d'avoir l'air d'un gentleman chagrin, sans plus, car cette attitude donnerait lieu à de fâcheuses pensées... Ah! surveillez aussi le salut que vous ferez à votre adversaire et à ses témoins en arrivant sur le terrain; la plupart des duellistes y échouent par romantisme: ils saluent avec une affectation de «courtoisie» qui me donne à penser qu'il doit être bien difficile, en pareil cas, de faire ce qu'on fait avec simplicité... Et, pour le combat, je vous dis seulement: attaquez hardiment; je ne saurais trop insister sur ce devoir, le premier que vous impose la civilité–sans compter que ce Lampourde, votre adversaire, est un homme qui tient des propos réellement inconsidérés...

V
DU DINER

Muni des conseils de sir Richard, je me suis battu ce matin. Mon courage a été grand, mais mes jambes ont été molles, en sorte qu'à la seizième reprise, j'ai été atteint d'une blessure pénétrante à la face externe du petit doigt, qui a mis fin aux hostilités. Du moins, mon costume était, je crois, ce qu'il fallait qu'il fût. Pourtant, c'est à peine si mon noble ami m'a regardé quand je suis venu lui annoncer l'heureuse issue du combat que j'ai livré pour lui; même il n'a point paru content d'apprendre que le terrible Lampourde en était sorti sain et sauf. Et ce n'est pas sans quelque froideur qu'il m'a consenti, le soir même, la faveur de l'inviter à dîner.

C'était, naturellement, au restaurant. A la table voisine de la nôtre, une délicieuse jeune femme, vêtue comme la sultane Zobéide, considérait son mari, qui mangeait de la côte de bœuf. Elle le considérait avec passion. Sir Richard en semblait tout attristé.

—Je dis, s'écria-t-il tout à coup avec un fort accent anglais, n'êtes-vous pas indigné, réellement, de voir que cette divine créature admire ce gros gentleman se nourrissant à son côté?

Quand sir Richard, qui parle français comme vous et moi, retrouve ainsi son accent natal, c'est qu'il est la proie d'une vive émotion. Cela lui arrive rarement, car il est peu sujet à s'émouvoir: les événements de l'existence lui inspirent toutes sortes d'idées, mais, si je puis dire, peu de sentiments, et c est pourquoi il conservera sans doute jusqu'à la mort la figure et l'aspect juvénile d'un écolier d'Oxford. Je soupçonnai donc que son irritation insolite contre notre voisin pouvait être due à ce que celui-ci était le mari d'une créature «divine». Mais non: il faut des choses plus choquantes encore que celle-là pour indigner sir Richard Hawcett. Au bout d'un instant, il reprit plus calmement:

—Par respect pour les femmes et pour les baleines de son gilet, votre Barbey d'Aurevilly, au temps de sa jeunesse, s'abstenait parfois, quand il dînait en ville, de toucher à aucun des mets qu'on lui offrait. C'était là une solution trop simple de la difficulté qu'il y a à remplir avec grâce ses fonctions animales. C'en était d'ailleurs une solution prétentieuse et romantique. J'ajoute que c'en était une solution douloureuse, car le dîner pouvait être bon. Il faut manger voyez-vous, même devant les dames: seulement il y a la manière.

Vous croyez toujours, en France, que l'esprit de conversation tient lieu de tout; à table, vous songez exclusivement à entretenir votre voisine, mais vous ne vous occupez guère de manier la fourchette et le couteau comme il se doit, et vous ne soupçonnez pas qu'il y a tout un art à cet exercice... Chez nous, il n'en va pas de la sorte. Avez-vous vu les jeunes mariés anglais dîner dans les hôtels de Florence? Après une journée employée à parcourir scrupuleusement tous les musées recommandés, ils sont entrés dans la salle à manger, la tête pleine de sentiments, je pense. Pourtant, que disent-ils? Rien. Ne vous écriez pas que c'est parce qu'ils n'ont rien à dire: cette raison-là est tout à fait insuffisante à empêcher qu'on parle. Les jeunes mariés anglais ne causent guère dans la salle à manger parce qu'ils savent que dîner est une cérémonie importante, durant laquelle on doit tenir seulement des discours convenables et consacrés. Alors, parfois, ils se sourient avec amour, discrétion et puérilité, mais ils échangent peu de paroles. En revanche, avec quelle décence ils savent manger!

Manger est une chose très honteuse: il faut le faire chastement; ce sont les bêtes qui mangent: un gentleman doit dîner. Les Anglais n'ignorent pas cela; mais les autres populations prennent leur nourriture sans aucune pudeur. Du moins, à Paris, si vous mangez sans art, vous le faites proprement. Mais les Allemands!... Ils se repaissent, ils s'emplissent! Les Belges mâchent avec bruit. Les Espagnols se tiennent mal à table. Quant aux Italiens, ils font toujours des taches sur la nappe; et c'est fort heureux, car ils sont si anglomanes que rien dans le costume ni dans les façons ne permettrait de distinguer un snob de Milan d'un sujet de Sa Majesté Britannique, s'il n'y avait sa manière de dîner, et singulièrement d'avaler le macaroni.

Ayant ainsi parlé, sir Richard accepta d'un pilaff de homards, puis il reprit son discours avec une cordialité dont je me sentis touché jusqu'au cœur:

—Omon damné cher vieux garçon, vous dînez comme un Napolitain et il n'y a pas de baby anglais qui ne vous donnerait des leçons de maintien. Regardez-vous, my dear!... Vous voici assis sur votre siège comme un sauvage Yankee rougirait de l'être: ignorez-vous qu'un gentleman doit reposer sur ses cuisses et non sur son coccyx? Et pourquoi enrouler tendrement vos jambes autour de celles de votre chaise?... Les pieds à plat... là! Le buste droit et légèrement penché en avant... Les mains, non sur la table, mais dessous: ainsi vous ne pouvez pas gesticuler. Pour quelle raison faites-vous toujours tant de gestes en parlant, my dear? Etes-vous sourd-muet?

Sir Richard montre une adresse singulière à discourir tout en mangeant sans discontinuer, et quand les circonstances de son repas l'obligent à faire une pause, quand il boit, par exemple, ce qui lui arrive fréquemment, il trouve du plus mauvais goût qu'on en profite pour prendre la parole. Je renonçai donc à lui affirmer que je ne suis pas sourd-muet, et, ayant posé son verre, il poursuivit:

—Vous ne devez jamais rien faire à table avec vitesse: la lenteur est ce qu'il y a de plus nécessaire, car c'est par elle que vous montrez que vous êtes un gentleman et non pas un incorrect animal. En effet, si vous laissez voir que vous avez envie de la nourriture, vous ressemblez à un dogue devant sa pâtée, et cela est tout à fait indécent. Aussi, quand on vient de vous servir du pilaff, devez-vous attendre un petit moment: vous causez, vous demandez si le temps est confortable; puis, tout à coup, comme par hasard, vous découvrez qu'il y a quelque chose dans votre assiette et vous vous mettez en devoir de le faire disparaître... Mais tout doucement, my dear: il faut qu'on sente que vous vous nourrissez par condescendance, par courtoisie, pour rendre votre assiette vide.

Il ne convient pas non plus de poser le couteau et la fourchette, comme vous le faites, sur ces inutiles babioles françaises: après chaque bouchée, vous placez vos couverts en croix sur l'assiette, et, après chaque service, on les change... Mais vous avez une telle quantité de sales petites habitudes qu'il faudrait un mois à la meilleure des nurses pour vous corriger. Ainsi, vous essuyez la sauce avec le pain: un homme du monde ne sauce pas. Et puis, vous portez votre petit doigt en l'air quand vous avez votre verre en main: cela est trop risible, mon cher garçon!

D'ailleurs, comment tenez-vous la fourchette et le couteau?... Ne les empoignez pas ainsi par le milieu et à pleine main, comme vous feriez une pique ou une hache d'abordage, je vous prie. Prenez-les du bout des doigts, par l'extrémité du manche: vous devez les manier délicatement, comme s'ils étaient des instruments horriblement dangereux... Vous piquez un petit morceau dans l'assiette, vous l'humectez de sauce, vous levez la main, vous avancez un peu le buste, vous entr'ouvrez les lèvres comme pour sourire, et vous les refermez lentement, gracieusement, autour de la bouchée... Il faut tout faire avec charme. Regardez-moi.

Et, à chaque morceau qu'il portait à sa bouche, sir Richard semblait, en effet, adresser à l'univers une angélique petite risette. Mais, quand je voulus mettre son enseignement en pratique, je m'aperçus que le plat était vide.

VI
DU COSTUME

Ce soir-là, mon noble ami dit:

—Avec autant de soin que nous nous appliquons à garder jusque dans la vieillesse un aspect juvénile, nos pères s'efforçaient de paraître, dès leur adolescence, des hommes graves et mûrs. A cet effet, ils portaient des favoris, des chapeaux à haute forme et des redingotes, tandis que nous nous rasons le visage et préférons le veston et le melon, voire le chapeau mou.

Car, décidément, nous préférons le veston. Naguère encore, les gens posés estimaient peu correct ce qu'ils appelaient dérisoirement un «pet-en-l'air». Aujourd'hui, ils portent sans scrupule, toute la journée, au besoin même en visite, ce vêtement dénué de pans; et l'usage du veston remplace peu à peu celui de la jaquette qui lui-même avait remplacé celui de la redingote. D'où il y aurait toute une philosophie à tirer, ce que je ne manquerai pas de faire incessamment.

Et, tout de même que le veston les autres habits, le chapeau spirituellement surnommé «melon» détrône lentement le chapeau de haute forme; puis un jour viendra qu'il sera exilé lui-même par le chapeau mou (goût féminin). Pourtant, que le «tube» a de charme! Ah! veillez sur ce vierge qu'un souffle offense, qu'un frôlement souille, qu'un contact déshonore! Craignez pour sa fragilité la presse des enterrements et des mariages! Redoutez pour sa pureté la promiscuité des vestiaires! Et ne le faites pas «coller», car ce procédé est indigne d'un gentleman: à la suite de cette opération cruelle, qui le rend pour toujours insensible à la caresse du bichon, le «tube» perd son éclat; gris, terne, triste, il ne sait plus luire; ne sacrifiez pas ainsi à votre propre commodité la splendeur de votre chapeau à haute forme. Il est beau d'être coiffé d'une sorte de miroir cylindrique et noir, où se reflètent obscurément les tramways et les fiacres comme, dans l'eau d'une sombre mare, les arbres et les nuages.

La Mode ne détermine pas aussi rigoureusement ce que j'appellerai les règles du veston qu'elle détermine celles du frac, par exemple; et c'est pourquoi le frac est un peu au veston ce que la science est à l'art.

Il existe en effet un type d'habit de soirée par saison, un seul type, qu'il faut reproduire exactement. Eussiez-vous du ventre—et cela est inadmissible—fussiez-vous affligé d'un buste trop long, d'une paire de jambes trop courtes ou de quelque autre disgrâce aussi cruelle, c'est (ou à peu de chose près) le même type de frac, adapté à vos mesures, qu'il vous faudra porter. Mais, pour le veston, il n'en va pas de la sorte: la Mode édicte ses canons, mais elle laisse une certaine liberté d'interprétation, en sorte que c'est à votre tailleur de modifier adroitement le modèle de l'année selon l'air de votre personne et, si vous ressemblez à l'Apoxyomène (comme je vous le souhaite), de ne vous point faire le complet qui siérait à l'Apollon sauroctone. Aussi est-ce ici qu'on peut juger le tailleur. Il ne copie plus, en effet: il s'inspire; il prend respectueusement ses libertés avec la Mode, il fleurte... Pour tailler parfaitement un habit de soirée, il n'est besoin que d'un coupeur hors ligne. Il faut un homme d'esprit pour composer un veston comme il se doit.

Ce vêtement m'a toujours paru le plus amusant de tous, parce qu'il est celui qui se prête le mieux à la fantaisie, non par la coupe, mais par la matière. Toutefois, là encore il faut du tact et de la délicatesse. Hélas! le cœur humain est insondable: n'a-t-on point vu il y a quelques années, des Parisiens promener fièrement des vestons en drap fin et, j'ose à peine le dire, bordés de galons comme l'étaient alors les jaquettes?... J'entends bien qu'un tailleur qui. se respecte se refusera toujours à favoriser de pareilles erreurs, et pas plus qu'il ne vous proposera pour un complet du matin du drap de redingote, il ne vous offrira de ces étoffes de qualité médiocre qui peuvent plaire dans la boutique, mais déshonorent en plein air; toutefois, il lui faut bien avoir, n'est-ce pas, de quoi satisfaire à tous les goûts, et sinon jusqu aux plus déplorables, du moins jusqu'à ceux qui ne sont pas très bons... Et puis, peut-être savez-vous par expérience qu'il existe des antipathies mystérieuses entre les draps et les hommes: pourquoi telle étoffe charmante à voir et curieuse à toucher ne paraît-elle sur votre dos qu'un tissu ingrat, médiocre et dénué d'esprit? Parmi tant d'attachantes cheviotes et de homespuns séducteurs, personne autre que vous-même ne saura discerner ce qui est propre à vous *habiller*, vous. C'est ainsi que le choix d une étoffe nécessite du goût, de l'imagination, de la critique, que sais-je?..

Il n'est pas indispensable de posséder un yacht pour porter un veston croisé, vêtement classique de l'homme de mer; en revanche, il est nécessaire d'avoir de la carrure. Et je ne fais pas l'injure à votre tailleur de croire qu'il consentira jamais à rembourrer vos épaules: le temps n'est plus où l'on se procurait sans scandale, à grand renfort de toile à voile et de coton, une largeur de boxeur; certes, il n est pas moins douloureux qu'autrefois d exhiber des épaules tombantes et s'appuyant au cou comme des étais sur un mur; mais, si l'on est bâti de la sorte, il faut faire de la gymnastique ou se résigner à porter des vestons munis d'un seul rang de boutons.

Enfin, je veux que, sur un soulier fourbi comme une armure et pris dans une guêtre si parfaite qu'elle semble peinte sur le pied, tombe, perpendiculaire, votre pantalon franchement retroussé, fussiez-vous en visite. Fait de la sorte, vous pourrez passer pour *habillé* –pourvu, toutefois, que vous sachiez jouer au golf, jouer au bridge, saluer, boire avec grâce une incroyable quantité de tasses de thé et dire: «Bonjour, madame, comment Hallez-vous?» (avec un H aspiré), car on n'est élégant qu'à ce prix.

Il n'est avec le frac d'autre chapeau décent que celui qui est à claque. Le vôtre sera fait d'une soie luisante, à l'ancienne façon, plutôt qu'en étoffe mate, et surtout le ruban en sera fort étroit: ne cédez pas sur ces deux points aux instances de votre chapelier parisien. Est-il besoin d'ajouter que le claque se porte légèrement incliné et enfoncé jusqu'à l'oreille droite? Mais prenez garde que le front, qu'on découvrait naguère, est devenu indécent depuis peu, du moins sous les chapeaux à haute forme. Placez vos melons un peu «en arrière», mais enfoncez pudiquement votre claque sur le front comme sur les tempes et l'occiput. Et dites aux gens qui vous blâmeront qu'ils n'y connaissent rien.

Le soir (le soir seulement), le pardessus à taille est «bien». Tombant aux genoux, à peine plus long que les basques de l'habit, et fort étroit de jupe, il doit vous donner une ceinture de guêpe: c'est absolument nécessaire. Si vous avez du ventre (ce qu'à Dieu ne plaise!) faites de la gymnastique suédoise, ou bien renoncez au pardessus à taille: vous serez mieux avec un manteau ample, en vigogne, par exemple, à un seul rang de boutons non apparents, à revers de soie, et surtout sans aucune fente au derrière. Un foulard blanc assez épais pour avoir du «soutien», mais ajusté avec une négligence méditée, protégera le col cassé de votre chemise. Le faux-col rabattu est inadmissible la nuit; toutefois, vous pouvez adopter le col droit. Votre plastron (empesé, naturellement: les devants de chemise mous ou à plis sont d'un goût déplorable), dur, lisse, mais brillant ou mat, selon votre goût ou celui de votre blanchisseuse (car il y a deux écoles), sera clos d'un seul bouton. Au cou, vous aurez le miracle d'une cravate en nansouk, à bouts carrés, nouée d'un seul coup, sans hésitation ni reprise. Le nœud «papillon» vous est permis, mais non point recommandé; ce qu il faut, c'est que les coques ne soient guère plus larges que le centre du nœud, et celui-ci non point plat, ni trop lâche, ni trop serré, mais rond, légèrement bombé... Hélas! tel nœud, tout vibrant de sensibilité et de poésie, échoue dans le romantisme. Tel autre, raide et sec, semble un cadavre de cravate... On réussit rarement au premier essai: ne vous énervez jamais. Brummell lui-même, les jours qu'il n'était pas en main, usait patiemment une vingtaine de cravates avant que d'être satisfait: «Ce sont nos erreurs», disait-il, en poussant du pied le monceau des blancs tissus froissés...

L'habit maintenant. Si votre frac (ou votre smoking, à plus forte raison) est en drap fin et brillant, en «drap d'habit», vous êtes déshonoré: il vous faut quelque cheviote, assez bourrue pour le smoking, et plus ou moins épaisse selon que vous la destinez à votre habit d'hiver ou à votre habit d'été. D'ailleurs, vous êtes déshonoré pareillement si vous portez je ne sais quel «gilet fantaisie», en velours, en soie brochée, en drap de couleur, par exemple. Le gilet à bords roulés, très fermé, ouvert en pointe n'a jamais été tolérable que pendant une quinzaine de jours, il y a trois ans. Quant à l'habit de couleur vert bouteille, prune, feuille morte ou bleu marine, n'en parlons plus, hélas! L'habit de soirée n'admet pas ces fantaisies en quelque sorte anecdotiques, et l'on ne s'y distingue que par la perfection d'une élégance classique: c'est une tragédie, non un drame romantique. Il faut l'avouer, d'ailleurs, cette simplicité est terrible.

Donc que, sur votre plastron pur comme l'âme d'un enfant nouveau-né, s'ouvre en losange votre gilet de piqué blanc. Outrageusement serré à la ceinture et jusqu'à se plisser un peu sur l'estomac, largement échancré dans le bas, il sera fermé par quatre boutons très rapprochés, petits, ronds, bombés et en biscuit.

Notez maintenant, je vous prie, que votre pantalon galonné d'un double et mince galon, doit être plutôt un peu court: il convient qu'il découvre une chaussette transparente, j'ose le dire, comme la buée d'un matin de printemps. Quant à votre smoking, si vous ne voulez pas qu'il semble de l'an dernier, veillez que ses manches n'aient point de parements. Ai-je besoin d'ajouter qu'un bouton le maintiendra clos sur l'estomac? Surtout, choisissez-en la matière avec soin: rien de sérieux, ai-je dit, point de drap fin, bref une étoffe de veston.

Enfin le frac... Mais comment le décrire en sa magistrale austérité? Extrêmement pincé, la taille en sera «haute» pourtant, les basques assez longues, les revers non pas arrondis, mais courts, larges et pointus, les épaules rondes (sans affectation), et le devant d'une coupe tout à la fois plongeante et abattue, que je vous expliquerai mal en vous disant qu'elle doit former deux angles correspondant à ceux que dessine l'échancrure du bas du gilet.

Je vous recommande les boutons, non point plats, mais ronds comme des billes et couverts de soie, naturellement, quatre aux manches et trois sur chaque flanc. Mais sachez à présent que tous vos efforts seront vains si vos escarpins, et mieux vos souliers «Richelieu», vous font les pieds larges, ou s'ils vous les font plats, et surtout s'ils vous les font longs.

Ainsi vêtu, vous irez dîner avec une modeste fierté. Puis, ganté de gants blancs à baguettes noires (naturellement), à la main votre jonc à pomme ronde (foin des cannes à béquille), vous vous rendrez au spectacle. Comme vous arriverez en retard, vous dérangerez tout un rang de personnes: évitez de leur tourner le dos en passant; côté du ventre, c'est plus poli. Inutile, au reste, d'être trop poli: cela ne se fait plus, et nul ne vous en saurait gré. Jadis, on citait chez nous le «sans-gêne» des Anglais; aujourd'hui, il ne nous choque plus, car nous l'avons adopté.

Un mot encore. Pendant les entr'actes, quand vous ferez des visites, ne vous lancez à apprécier la pièce qu'avec circonspection; parlez surtout du jeu des acteurs, ou même contentez-vous de discuter l'âge des actrices: c'est plus sûr...

VII
DU SPORT

—Hélas! dis-je, le temps n'est plus où la pratique du snobisme ne demandait que des efforts, pour ainsi dire, intellectuels. Jadis, elle exigeait du soin, de l'application, du discernement dans la toilette et le respect des maîtres; mais non pas des doubles muscles. Heureux les snobs d'antan! Leur vie se passait sans violence entre la Cascade et le Café Anglais, au Bois, à l'Hippodrome et aux Courses: promener en ces lieux choisis des vêtements bien coupés, connaître les gens qu'il faut et mépriser les autres, le catéchisme mondain ne leur prescrivait pas de devoirs plus rudes. Aujourd 'hui, il oblige à des travaux manuels: un homme à la mode doit besogner de son corps et gagner son renom à la sueur de son front. Car le sport lui est imposé. Les voyages mêmes lui sont enjoints!

—Espérez-vous être dispensé d une excursion au Caire? dit sir Richard Hawcett. Et non seulement vous devez paraître prêt à accomplir sans hésiter n'importe quelle randonnée en auto, comme à vous embarquer avec allégresse sur le premier yacht venu, mais encore à chasser à courre, à chasser à tir, à fréquenter les matches de boxe (et ce spectacle est fatigant), à jouer au golf, peut-être au polo, à monter en aéroplane, que sais-je? Tel est votre devoir… Heureusement, il est des accommodements avec la vertu.

Songez, en effet, qu'un seul tour en Egypte vous permettra de parler du Caire durant une vie entière! L'invitation à la croisière en yacht se pare très bien par l'invitation à l'excursion en auto, et réciproquement. Il n'est, pour la chasse à courre, que de choisir une forêt confortable (connaissez-vous Halatte ou Chantilly?). Assis sur un bon pliant, tirer sur les faisans qui passent n'est pénible qu'au cœur, quand on l'a tendre. On peut toujours éviter honorablement la vue d'un combat de boxe en déclarant que ce sera du chiqué. Le polo et l'aéroplane sont facultatifs et les reprises de manège de l'Étrier ne sauraient, je crois, courbaturer personne. Pour le golf, enfin, dont il est absolument nécessaire que vous ayez la passion, ce sport consiste moins, comme chacun sait, à marcher au soleil en frappant une balle avec des bâtons, qu'à boire à l'ombre, en causant avec les dames, un nombre incalculable de tasses de *tea* et de *citrons pressés*. Si bien qu'avec un peu d'adresse, vous pouvez encore vivre non sans agrément.

Et cette adresse même ne sera pas un péché, car la grande supériorité des devoirs mondains sur les devoirs moraux, c'est qu'ils n'exigent pas l'obéissance du cœur, mais seulement celle du corps. Ils commandent de paraître, non d'être; la vertu mondaine, c'est de garder toujours les apparences prescrites. Ces sports que vous détestez, vous autres snobs, vous pouvez donc continuer à les haïr sans remords, pourvu que vous sembliez les aimer à la folie, et il n'est pas nécessaire que vous y excelliez, ni même, peut-être, que vous vous y adonniez si peu que ce soit, du moment que vous faites figure de sportsman et que vous paraissez dans les réunions sous l'aspect congru. A la chasse à courre, par exemple, votre devoir n'est pas de galoper réellement derrière les chiens, mais, pressant entre les bottes qui conviennent l'irlandais qu'il faut, de prononcer avec aisance les potins d'usage et, pourvu que vous donniez de la sorte l'illusion d'être un veneur habile et passionné, il vous est permis de stationner à votre aise, loin du cerf et près des voitures, sans que votre conscience, fût-elle la plus vétilleuse du monde, ait rien à vous reprocher, puisque vous aurez évité de scandaliser.

—En ce cas, le sport est facile.

—Non pas, reprit sir Richard. Cet irlandais dont je parle, il se vend tout fait chez qui vous savez, et il est facile de se le procurer: il suffit de mettre le prix. Mais ces bottes, peut-être ignorez-vous le nom de celui qui, seul à Paris, —si je ne m'abuse,—savait l'an dernier, transformer en mollet de coq le gras de jambe le plus bourgeois? On me dit que plusieurs cordonniers ont surpris ses artifices et s'entendent maintenant aussi bien que lui à faire pendre le long des panneaux d'une selle deux jambes qu'on croirait dessinées par un graveur anglais de 1820; je souhaite que cela soit vrai. Craignez, en tout cas, craignez comme la peste l'ancienne botte vernie, dite «Chantilly», à pied long et fin, à semelle mince. En gros cuir ciré, faisant le mollet sec, offrant sur une semelle épaisse et confortable un pied court et géométrique, vos bottes doivent évoquer celles de quelque postillon prodigieusement amateur, et elles ne vous chausseront comme il faut qu'autant qu'elles seront champêtres avec raffinement et rustiques avec préméditation, à la façon, si je puis dire, du hameau de Trianon.

Quant aux costumes de cheval, je ne saurais vous en fixer le modèle *ne varietur*, et voilà l'ennui pour vous. Car c'est dans ces costumes de sport et de campagne, bien mieux que dans nos habits de ville, que nous pouvons donner carrière à notre imagination: quelle difficulté, quand on n'en a point! Pour eux, il nous est permis de choisir des couleurs infiniment plus hardies, des étoffes plus singulières et des formes moins banales que pour les seconds. C'est là qu'est de mise le chapeau d'étoffe et la casquette, la chemise d'oxford et la cravate joyeuse, la culotte courte et les bas choisis, le pantalon clair qui s'accommode si bien d'un «norfolk» plus foncé. Qui dira la splendeur licite des gilets pour conduire ou pour monter à cheval? Qui chantera la gaieté de ces melons gris ou de ces chapeaux hauts de forme non moins gris, que vous n'achèterez toutefois qu'après vous être muni d'un mailcoach, attendu qu'on ne saurait aujourd'hui les voir décemment que sur la tête de ceux qui conduisent à quatre? J'ai admiré que les plus timides golfeurs arborassent sans crainte des manteaux d'un jaune beige si chaleureux ou d'un chocolat si mélangé de lait que, seules, des femmes eussent osé en porter de semblables à Paris. Encore ne dis-je rien de ceux des joueurs de tennis les plus modestes. Mais comment dénombrer les formes du norfolk? Tout est permis ici, sauf de porter un vêtement serré. Les plis à soufflets, un peu grossissants mais si confortables, se prêtent magiquement à tous les gestes, et aussi bien à celui d'épauler un fusil qu'à celui de lever un «club»... Non, on ne célébrera jamais assez l'agréable variété des costumes de sport.

Et c'est en faveur de leur pittoresque et de leur agrément que vous pardonnerez au sport tout l'ennui qu'il vous cause. Certes, vous préféreriez, snob délicat, snob sybarite que vous êtes, vous dispenser de tant d'efforts physiques, et, sans doute, c'est seulement parce que la Mode vous l'ordonne que vous prenez si souvent le train pour jouer quelque partie, ou que vous vous levez matin pour monter votre jument. Mais ce n'est pas une mince consolation que d'avoir à revêtir pour cela quelque tenue insolite et charmante. Avouez-le: les plaisirs somptuaires sont puissants: il y a de la volupté à porter un vêtement choisi, et le soin que vous prenez de votre mise donne à votre vie une saveur qu'elle n'aurait point sans lui. C'est pourquoi, encore un coup, il y a de l'ingratitude à mépriser le snobisme. Ogens du monde, il vous procure de grandes consolations: il vous occupe en effet, il vous dicte ce qu'il faut sentir et penser; sans lui, que deviendriez-vous? Sachons-lui gré de vous rendre des services si nécessaires, car je vous le dis en vérité: si le snobisme n'existait pas, il vous faudrait l'inventer.

VIII
DES BÊTES

Je dois maintenant à la vérité de constater que, la dernière fois que je vis sir Richard Hawcett, ce gentleman tenait une tortue par le manche – j'entends, naturellement, par celui qu'il lui avait fait mettre.

—Altaïr..., commença sir Richard.

—Comment va-t-il? demandai-je.

—C'est ma tortue, reprit-il. Je l'aime. Elle me rappelle le temps où, dans mon manoir d'Ashlair-Dwglwyne, grouillait, si je puis dire, ma collection. C'était une collection d'animaux. J'ai toujours eu du goût pour l'étude, et l'on n'imagine pas combien sont curieuses les observations auxquelles les bêtes peuvent donner matière.

Je répondis à mon noble ami que je me les figurais fort bien, au contraire, et que même sa remarque ne me semblait pas de la première fraîcheur... Sir Richard me regarda avec étonnement.

—Vous vous méprenez, répliqua-t-il. Je n'entends point parler ici de ces observations superficielles à quoi s'occupent les savants ordinaires: classer les animaux selon leurs caractères physiques, comme ils s'y efforcent, m'a toujours paru une besogne frivole et sans portée. Ma méthode, à moi, était autrement féconde; je travaillais à ranger les bêtes, non pas d'après leur structure corporelle, mais d'après leur psychologie; vous sentez tout l'intérêt de ce système. Au lieu d'observer les animaux en quelque sorte extérieurement, au jour le jour et à la va-comme-je-te-pousse, je les soumettais à diverses expériences afin de les classer ensuite selon la nature des réactions qu'elles déterminaient en eux. Je ne sais si je me fais bien comprendre. Un naturaliste connu, Jean de La Fontaine, avait eu avant moi quelque idée de ma méthode; mais il n'avait pas l'esprit scientifique et ses observations manquent de rigueur comme son langage de technicité, en sorte que M. Taine a dû refaire entièrement son ouvrage par la suite... Prenons un exemple: la fable intitulée *Le Renard et la Cigogne*, si vous le voulez; c'est la dix-huitième du livre I. La Fontaine y rapporte le résultat d'une expérience assez curieuse par lui faite sur les deux animaux susdits: ayant placé ses sujets devant une écuelle pleine d'un brouet clair, il constate que le renard lappe le brouet sans que la cigogne y goûte; puis, les ayant mis en face d'un vase à long col et d'étroite embouchure, plein de morceaux friands, il note, cette fois, que la cigogne mange et que le renard s'abstient. Mais savez-vous, maintenant, l'étrange conclusion qu'il tire de là? C'est que les deux animaux agissent comme il vient d'être dit à cause de la forme de ce que j'appellerai leurs orifices buccaux respectifs! Vous sentez que rien n'est moins rigoureux, puisqu'il est notoire que la cigogne n'aime pas le brouet. Et la plupart des observations de votre La Fontaine ne sont pas plus scientifiques que celle-là.

Les miennes l'étaient, j'ose le dire, infiniment. Je ne vous en rapporterai qu'une: c'est une expérience que j'avais tentée, à mon tour, sur une cigogne. Par mon ordre, on lui avait coupé la moitié du bec: eh bien, croirez-vous que le sujet mourut de faim parce qu'il s'obstina toujours à se servir de son bec comme si celui-ci eût été entier? Il ne voulut jamais rien prendre sinon avec la partie qu'on lui avait enlevée, et il ne consentait même à s'approcher du plus appétissant morceau qu'à la distance à laquelle il était accoutumé, qui était celle d'un bec intégral. Tel le poète à qui l'on a rogné les ailes: on le voit continuer à faire des vers, imperturbable et comme si de rien n'était; de même mon oiseau ne s'aperçut jamais de la diminution qu'il avait subie. Aussi ai-je classé la cigogne parmi les animaux résolument idéalistes.

Mais, hélas! ces souvenirs sont loin. Mon domaine d'Ashlair-Dwglwyn appartient au plus célèbre usurier du pays de Galles, qui était aussi le principal de mes créanciers, et, de ma collection d'animaux, il ne me reste qu'Altaïr, ma tortue, que j'aime à transporter avec moi en raison des jours fortunés qu'elle me rappelle, et à qui j'ai fait souder ce manche sur la carapace afin de le pouvoir faire plus aisément.

Mon noble ami poussa un profond soupir.

—Arrivé en France, poursuivit-il, je me demandai duquel de mes talents je pourrais désormais tirer ma subsistance. Ils étaient nombreux certes, mais j'éprouvai bientôt qu'ils étaient peu fructueux. Je trouvai d'abord une place d'homme de compagnie auprès d'une jeune dame du monde; mais il me fallut donner mes huit jours parce que ma maîtresse ne voulait pas que je la suivisse dans les grands bars de Montmartre où elle fréquentait assidûment la nuit: vous sentez ce qu'il y avait là de blessant pour moi. Je fus ensuite entrepreneur et conducteur de cotillons pour soirées mondaines... Hélas! cette profession nourrit mal son homme, à moins qu'on n'y adjoigne diverses industries secrètes pour lesquelles je me sens peu de goût. J'en vivais pourtant, lorsque j'eus l'idée de tirer parti de ce don de l'observation que j'ai, comme vous savez, fort aigu. Depuis mes malheurs, ce n'était plus sur les bêtes que je pouvais l'exercer: je l'exerçai sur les snobs. Bref, un beau jour, je m'établis professeur de snobisme. Ce métier est bon: on n'y touche point de cachets réguliers, mais il y a mille autres façons de récupérer le prix des leçons.

Et sir Richard dit encore:

—Prêtez-moi donc dix louis, cher ami.

Je les lui ai donnés, que voulez-vous?

Table des matières

AVANT-PROPOS	4
I DU SNOBISME	5
II DES VISITES	13
III DE LA VRAIE SUPÉRIORITÉ DES ANGLO-SAXONS	17
IV DU DUEL	22
V DU DINER	30
VI DU COSTUME	35
VII DU SPORT	42
VIII DES BÊTES	46